Yr Hwyaden Fach Hyll

The Ugly Duckling

RILY

Cyhoeddwyd gan Rily Publications Ltd 2020

Rily Publications Ltd, Blwch Post 257, Caerffili, CF83 9FL

Hawlfraint yr addasiad © Rily Publications Ltd 2020

Addasiad gan Non Tudur

ISBN 978-1-84967-274-0

Cyhoeddwyd gyntaf yn Saesneg yn 2019

dan y teitl *The Ugly Duckling* gan Dorling Kindersley Limited

80 Strand, London, WC2R 0RL.

Gan

Hans Christian Anderson

Melanie Joyce

Darluniau gan Giuseppe Di Lernia

Cedwir pob hawl. Ni chaniateir atgynhyrchu unrhyw ran o'r cyhoeddiad
hwn na'i gadw mewn cyfundrefn adferadwy na'i drosglwyddo mewn
unrhyw ddull, na thrwy unrhyw gyfrwng electronig, nac fel arall, heb
ganiatâd ymlaen llaw gan y cyhoeddwyr.
Mae cofnod catalog CIP o'r llyfr hwn ar gael o'r Llyfrgell Brydeinig.

Argraffwyd a rhwymwyd yn China

RILY

www.rily.co.uk

Nodiadau i Rieni, Gofalwyr ac Athrawon

Dyma rai syniadau ar gyfer trafod themâu pwysig yn
Yr Hwyaden Fach Hyll gyda phlant bach. Defnyddiwch y nodiadau
hyn i ysgogi trafodaeth wrth ddarllen y llyfr ac ar ôl ei ddarllen.

• Ydi'r hwyaid bach a'r anifeiliaid fferm yn garedig wrth yr hwyaden
fach hyll? Pam eu bod nhw'n ymddwyn fel hynny, yn eich barn chi?

• Sut fyddech chi'n trin yr hwyaden fach hyll petaech chi'n cwrdd â hi?
Siaradwch am bwysigrwydd bod yn garedig wrth eraill.

• Sut mae'r hwyaden fach yn ymateb pan fydd y plant yn ceisio
chwarae â hi? Pam ei bod hi'n ymateb fel hynny?

• Siaradwch am sut y mae'r hwyaden fach yn newid, a
sut un yw hi erbyn y diwedd. Ydych chi'n credu ei bod
hi'n hapus ar y diwedd, ac allwch chi egluro pam?

Roedd hi'n fore o haf. Ar lan pwll bach, yng nghysgod derwen fawr ar fferm fach dwt, roedd mam hwyaden yn eistedd ar nyth o wyau.

Yn sydyn, dechreuodd yr wyau ddeor. Daeth hwyaid bach melyn, del o'r plisgyn. Tsîp-tsîp, cwac cwac, medden nhw, gan guro eu hadenydd bychain.

Cyn hir, dim ond un wy oedd ar ôl.

Roedd hwnnw yn llawer mwy na'r lleill.

O'r diwedd, dechreuodd ddeor.

Daeth pelen fawr flêr o'r wy. "Am hwyaden fach hyll,"
meddai un o'r hwyaid bach melyn.

"Honc! Honc!" meddai'r hwyaden fach hyll.

"Dyw hi ddim yn gallu cwacio!" chwarddodd hwyaden fach felen arall.

A dyma nhw'n chwerthin eto ar ôl i'r hwyaden fach drwsgl faglu i'r llawr.

Fesul un, llithrodd yr hwyaid bach i'r dŵr y tu ôl i'w mam. Nofiodd yr hwyaden fach hyll yng nghefn y rhes.

Roedd y fam hwyaden yn caru bob un o'i hwyaid bach – gan gynnwys yr un llwyd mawr blêr.

Dilynodd y cywion bach y fam hwyaden i'r buarth.
Dyma anifeiliaid y fferm yn dotio at yr hwyaid
bach del ar unwaith, ond doedden nhw
ddim yn hoffi'r un llwyd mawr blêr.

Dyma nhw'n ei phigo a'i phlagio. "Mi wyt ti'n hyll!" medden nhw.

Nid oedd yr hwyaden fach yn hoffi hyn o gwbl, a rhedodd

i ffwrdd a'i gwynt yn ei haden.

Daeth at fwthyn lle'r oedd cath
ac iâr a hen wreigan yn byw.

"Os gwnei di ganu grwndi fel fi,
cei di aros," meddai'r gath.

"Os wyt ti'n gallu dodwy wy fel fi, cei di aros," meddai'r iâr.

Ni allai'r hwyaden fach ganu grwndi na dodwy, felly aeth o'r bwthyn.

Teimlai'r hwyaden fach yn unig
iawn. Daeth yr hydref dros y
tir ac un noson, gwelodd adar
gwyn, gosgeiddig yn hedfan.
Hoffai fod fel yr adar hynny.

Wrth i'r tywydd oeri, rhewodd dŵr y llyn.

Aeth yr hwyaden fach hyll yn sownd yn y rhew!

Dyma ddyn caredig yn achub
yr hwyaden fach grynedig
a mynd â hi adre.

Roedd ei blant eisiau chwarae â hi.
Cafodd yr hwyaden fach cymaint
o fraw fel y trawodd y bwced laeth
i'r llawr, a dihangodd eto i'r eira.

Bu'r gaeaf yn hir a chaled. Credai'r hwyaden fach
na fyddai'r tywydd rhewllyd byth yn dod i ben.

Un diwrnod, tywynnodd yr haul unwaith eto.

Dechreuodd y rhew ddadmer yn yr heulwen.

Canodd yr ehedydd – roedd y gwanwyn yn y tir.
Sylwodd yr hwyaden fach hyll fod tri aderyn hardd
ar y llyn. Dyma'r rhai welodd hi'n hedfan yn yr hydref.

Roedd yn sicr y byddai'r adar yn gas wrthi,
ond nid oedd yn ofni mwyach.

Gan guro'i hadenydd, hedfanodd yr hwyaden fach
o'i chuddfan. Er syndod iddi, nid oedd yr adar yn
gas. Yn wir, roedden nhw'n gyfeillgar ac yn garedig.

Plygodd yr hwyaden fach hyll ei phen ac edrych ar ei hadlewyrchiad yn y dŵr. Roedd hi wedi newid yn llwyr!

Nid hwyaden fach hyll mohoni mwyach
ond alarch ddewr a gogoneddus!

Plygodd yr elyrch hŷn eu pennau i gyfarch
eu cyfaill newydd. Ysgydwodd hithau ei phlu
a phlygu ei gwddw lluniaidd.

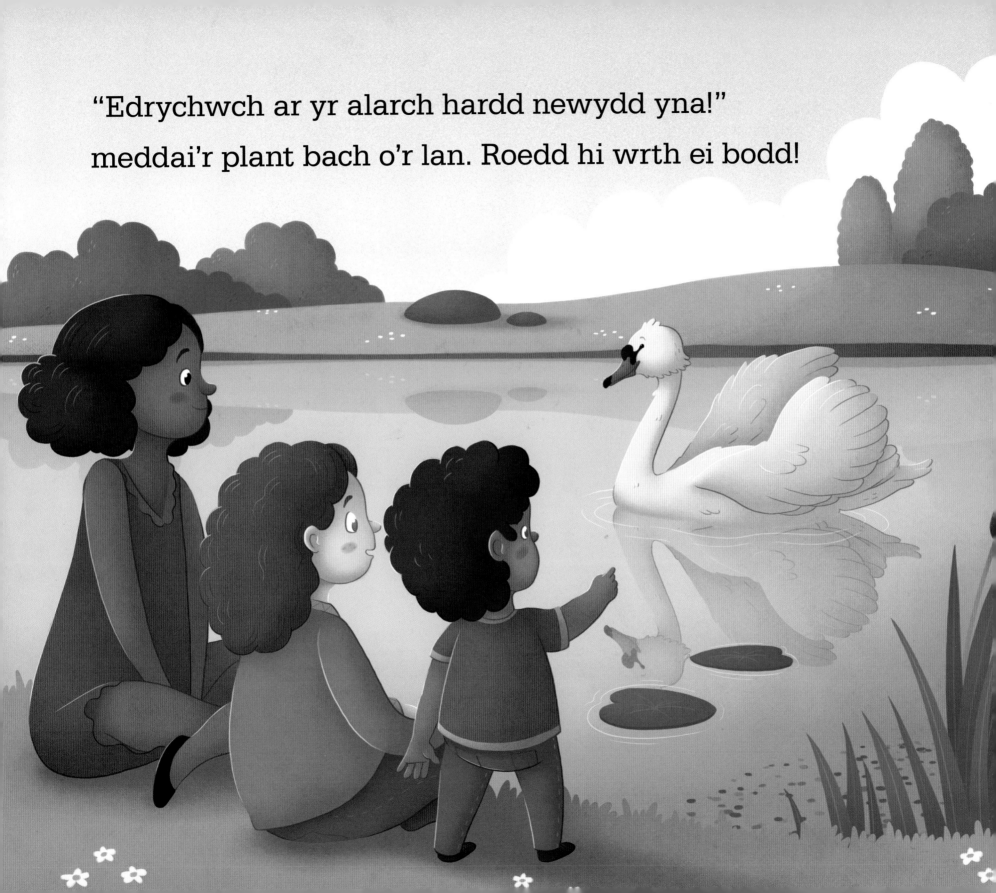

"Edrychwch ar yr alarch hardd newydd yna!"
meddai'r plant bach o'r lan. Roedd hi wrth ei bodd!

Yn gôr o guro adenydd, hedfanodd yr alarch ifanc fry i'r awyr las gyda'i chyfeillion newydd. Fyddai byth wedi breuddwydio am fod mor hapus pan oedd yn hwyaden fach hyll. Gwyddai na fyddai yn teimlo'n unig byth eto.

Notes for Parents, Carers and Teachers

Here are some ideas for discussing important themes in *The Ugly Duckling* with young children.
Use these notes to prompt discussion during and after reading the book.

- Do you think the ducklings and the farm animals are kind to the ugly duckling? Why do you think they behave in the way they do?
- If you met the ugly duckling how would you treat her? Talk about the importance of being kind to others.
- How does the duckling react when the children try to play with her? Why do you think she responds in this way?
- Talk about how the duckling changes and what she becomes. Do you think she is happy at the end of the story and can you say why?